AF331162

ÉLOGE ANALYTIQUE,

SUIVI DE QUELQUES FRAGMENTS

DES

CHANTS DIVERS

DE

M. le comte Anatole de MONTESQUIOU,

PAIR DE FRANCE,

PAR UN HOMME DE LETTRES.

PARIS

IMPRIMERIE DE J. BELIN-LEPRIEUR FILS

RUE DE LA MONNAIE, 11.

1844

Il vient de paraître un ouvrage en deux volumes ayant pour titre : *Chants divers*, de M. Anatole de Montesquiou, pair de France. Nous avons lu et bien médité cette production nouvelle du génie poétique qui a su s'inspirer à une source aussi pure que brillante, et qui vient trouver naturellement sa place parmi nos premiers poëtes modernes.

Cet ouvrage, dont M. de Montesquiou vient d'enrichir le domaine de la littérature française, renferme dans son ensemble presque tous les genres et tous les mérites de la poésie. Le choix des sujets, l'élégance du rhythme, la noblesse des sentiments, des idées neuves et élevées; et tout cela embelli par des couleurs animées et frappantes, par les traits d'une imagination riche et féconde, par la fluidité d'une versification facile et harmonieuse. Voilà, en résumé, le fond et la forme de cet ouvrage remarquable; mais ce qui en augmente bien plus encore le mérite, c'est que, dans presque tous ses chants, l'auteur s'y propose un but utile.

Ainsi le sentiment religieux s'y trouve exprimé avec autant de charme que de majesté; les saintes affections domestiques, l'amour de la patrie, une ambition constante et noble, qui brûle et se passionne pour tout ce qui est grand et digne des accords immortels de la lyre que le ciel a placée sous la main du poëte; toutes ces choses s'y pressent ensemble et brillent d'un magique reflet, comme dans un faisceau d'éblouissantes lumières. A part quelques paroles que nous croyons susceptibles de modifications, mais qui d'ailleurs ne décèlent, dans l'auteur, qu'une âme grandement généreuse et noble, les *Chants divers* sont, sans contredit, une des productions les plus brillantes de notre poésie contemporaine.

Afin de faire voir que ce que nous venons de
dire à l'égard de cet ouvrage de M. de Montesquiou n'est point au-delà de la vérité, ni au-dessus
de son mérite réel, nous allons en reproduire
ici quelques fragments qui en seront, sans doute,
le meilleur et le plus juste éloge.

NAPOLÉONIDE (1813).

* « Napoléon, la France est personnifiée
« Par toi qui lui donnas sa force et ses succès.
« Sous tes traits, sous ta forme elle est déifiée;
« De toi seul elle attend sa chute ou ses progrès.
« Ne risque pas le tout, la chance est inégale;
« La guerre à tes projets ne peut qu'être fatale.
« La paix te rendra fort pour imposer ta loi.
« Prépare, espère, attends. . . . .

. . . .

« Comme l'heureux Pompée il a frappé la terre,
« Et la terre a produit des soldats tout armés.

. . . .

« Une autre grande armée à sa voix se rallie.
« Eh ! qui donc a cru voir sa puissance affaiblie ?...

« Il rentre dans la lice, en grand homme, en vainqueur.

. . . .

« La Prusse nous trahit, l'Autriche nous menace....

. . . .

« . . . . . celui dont l'esprit, la puissante parole

« A la France rendit la victoire et l'honneur,

« Purifia nos lois, nos temples, notre école,

« Sera jusqu'au tombeau béni par le Seigneur.

. . . .

« Son sceptre n'a besoin d'excuse ni d'aïeux ;

« De l'univers au nom du génie il dispose :

« Sa noble destinée est une apothéose

« Que la terre commence et qui finit aux cieux.

. . . . ,

« Il part, revient, repart, à la fois il fait face

« A l'attaque imprévue, aux périls éminents,

« Vers Breslau, vers Berlin, en Bohême, en Alsace ;

« Lui seul il peut suffire à tant d'événements.

« Comme s'il eût encor primé dans la carrière,

« Il dicte à tous les rois sa volonté dernière,

« Et brave même encor leurs infidélités.

. . . .

« Et dans ce prodige il oublie

« Ses croissantes adversités.

. . . .

« Mais ce fut le dernier éclat de notre étoile !...

« Et rien n'a pu depuis lever le sombre voile. »

L'auteur, en présence d'une grande solennité religieuse, sent son âme profondément émue et s'élever comme les parfums de la prière vers le ciel, en songeant à ce qui fait l'homme véritablement grand et immortel, la *vertu* et la *bienfaisance*. C'est ce que nous voyons dans le morceau suivant, fait à l'occasion de la translation des reliques de saint Vincent de Paul, en juin 1830 :

* « César, Pompée, Auguste, Annibal, Alexandre,
« Sans doute étaient bien grands, puisqu'on les croyait Dieux.

. . . .

« Il est beau de briller, ne fût-ce qu'un moment,
« De se sentir l'objet d'un long étonnement,
« De répandre l'effroi sur la terre et sur l'onde,
« De voir qu'on ne peut plus expirer tout entier,

. . . .

    « Et de mourir maître du monde.

    « Il est beau d'être le torrent
« Qui tombe inattendu noble enfant des nuages,
« Grossit, s'étend, triomphe et meurt en conquérant ;
« Ou du rapide éclair, ministre des orages,

« Et qui frappe et brise en mourant.
« Pourvu qu'on soit monté qu'importe si l'on tombe !
« Qu'importe tout, pourvu qu'un jour sur votre tombe
　　« Le monde s'écrie : « Il fut grand ! »

« Tandis que ces pensers s'emparaient de mon âme,
« Je vis des objets saints portés avec respect,
« Un grand concours de peuple autour d'une oriflamme,
« D'un long recueillement offrant le doux aspect.
« On entendait au loin murmurer des prières.

　　.　.　.　.　.　.　.　.　.　.　.　.

« L'airain remplissait l'air de ses vagues clameurs ;
« Je voyais des enfants, des roses, des bannières,

　　.　.　.　.　.　.　.　.　.　.　.

« Des prêtres, des soldats, des sœurs hospitalières ;
« Tous se pressaient en foule et suivaient un cercueil.

　　.　.　.　.　.　.　.　.　.　.　.　.

« Et mon cœur se livrait à la douce croyance
« Qui de l'homme et du ciel entretient l'alliance.
« Mais cet être, tombé sous la commune loi,
« Quel est-il ? un guerrier, ou quelque enfant de roi ?
« Non, non, à ce cortége où la reconnaissance
　　　　« Parait sous mille traits divers,
« Sans peine on reconnaît l'apôtre de la France,
　　　　« Le bienfaiteur de l'univers.

« Oui, c'est Vincent de Paul ! Il naquit sous le chaume,
        « Obscur enfant d'un laboureur.

. . . .

« C'est lui qui nous légua ces cœurs que la souffrance
« Ne cherche pas en vain et rencontre en tout lieu,
« Qui pour seule clôture ont la crainte de Dieu,
        « Et pour voile leur innocence,
« Et dont les saints désirs révèlent à leurs cœurs
« Des secrets bien puissants contre tous les malheurs.

. . . .

« Il croit n'avoir rien fait quand il lui reste à faire ;
« Tant de travaux jamais n'ont lassé son ardeur.
« Son zèle inépuisable enfantait des miracles,
« Et ses avis encor sont pour nous des oracles.

. . . .

« Au véritable honneur un tel guide conduit ;
« Voici, voici la gloire, et non pas un vain bruit.
« L'illusion trompa ma jeunesse entraînée ;
« Comme on dit au plaisir : vous êtes le bonheur,
« J'ai dit au vain éclat : vous êtes la grandeur.
« Mais enfin à mes yeux la lumière est donnée ;
« Ils ne la perdront plus. . . . .

. . . .

« Allons, allons rêver à la grandeur réelle,
        « Et du Dieu de la vérité,
        « De l'ordre et de l'éternité,

« Admirer l'apôtre fidèle.

. . . .

« Paris, tu garderas ta paix et ta splendeur
        « Tant que dans ta sublime enceinte
        « Ce tombeau, comme une arche sainte,
        « Te semblera digne d'honneur. »

———

Dans la pièce suivante, le génie du poëte est comme ravi, en extase, dans le silence de la solitude ; et, contemplant les âmes dans leurs demeures au-delà de la tombe, il se plaît à passer en revue leurs noms et à rappeler leurs mérites. Il y a ici une élévation de pensées, une délicatesse de sentiments, et une justesse de vues et de jugements des plus remarquables, un ensemble continu d'élégance et d'harmonie, avec une douceur et un goût réellement exquis.

Nous nous bornons à en citer seulement quelques vers, et regrettons vivement de ne pouvoir reproduire dans ce cadre trop restreint ce chant délicieux tout entier.

. . . .

* « Laissons donc les vivants, retournons à mes morts,

« Et pour les évoquer employons des accords.

. . . .

« Au désert me voici parvenu !... Je ne vois

« Au loin pas un humain, et pas même leurs toits !...

« Je suis seul enfin, seul devant l'immensité !...

. . . .

« Coulez, ruisseaux, coulez, cascades en cadence,

« Poursuivez de vos bruits le murmure enchanteur ;

« Songes du souvenir, venez charmer mon cœur.

« Dieu ! que tout sort brillant de tes mains éternelles !

. . . .

« Mais tu ne défends pas d'admirer les humains,

« Reflets mystérieux de tes muets desseins ;

« Grand quand il les contemple et quand il les mesure,

« L'homme n'a de petit en lui que sa stature ;

« Sa tombe et son berceau du ciel touchent le seuil,

« Et tout ce qu'il sait faire excite mon orgueil.

« Ranimons. . . . .

« Des hommes du passé la fugitive trace.

. . . .

« . . . Morts déifiés, venez... je vous attends.

. . . .

* « Viens, Christophe Colomb, viens héros méconnu,

« Qui, par ce qu'on savait, pressentis l'inconnu,

« Qui, régnant sur les vents, sur la terre et sur l'onde,
« D'un second univers enrichis le vieux monde. »

* « Voltaire, ton renom se propage en tout lieu ;
« Mais ton sceptique esprit, voulant détrôner Dieu,
« Aux hommes qu'il égare a légué la tempête. »

* « Comme un noble flambeau Genlis s'est dévouée !

. . . .

« Heureux auteur, après un destin agité,
« Un bonheur inouï devint ta récompense,
« Car ton meilleur ouvrage est l'Élu de la France.

. . . .

« Mon heureux sort me fixe au sein de la famille
« Du noble Souverain en qui ton esprit brille.

. . . .

          « Tu m'enseignas à le connaître,
            « C'était m'enseigner à l'aimer. »

* « Du sein de l'Empirée un nouveau rayon sort !...
« Est-ce vous que je vois, jeune et noble Marie,
« Espérance des arts, ange de la patrie,
« Dont le précoce esprit inspiré par les cieux,
« Dans le marbre et le bronze improvisait nos Dieux,

« Qui brilliez parmi nous ainsi qu'un météore,

« Mais dont nous n'avons pu contempler que l'aurore ! »

* « Ah ! j'aperçois ma sœur, ma douce Rosamée,

« Un seul instant connue, et si longtemps aimée !...

« O prodige ! son air se signale à mes yeux

« Comme un souffle mortel qui passa par les cieux !

« Ce n'est pas l'âge mûr, mais ce n'est pas l'enfance ;

« C'est déjà le bonheur et non plus l'espérance.

« As-tu vu les amis qui m'ont quitté si tôt ?

« Par groupe de famille est-on rangé là-haut ?

« Le rang, les souvenirs, la tendresse profonde

« N'accompagnent-ils pas l'âme dans l'autre monde ?

« Quel est, dis-moi, ma sœur, leur séjour actuel ?

« Et ma sœur disparut en m'indiquant le ciel ! »

Nous terminons par le portrait suivant de Pétrarque, qui est d'une perfection achevée. Il y a ici une finesse d'esprit, une noblesse de sentiment, un vague mystérieux d'idées les plus naïves à la fois et les plus sublimes, et dont on sait mieux sentir qu'exprimer le charme et les saintes émotions. Le voici :

* « Pétrarque, ta grandeur m'accorde un doux regard.

« Le monde t'ignorait; il te comprend bien tard.

« J'osais t'interpréter pour te faire connaître :

« Sur toi j'aurai détruit des préjugés, peut-être.

« Un voile de pudeur, de mystère et d'amour,

« Devant toi cache une ombre et la dérobe au jour.

« Tu la suis, en chantant d'une voix tendre et pure,

« Un nom qui de ton cœur sort dans un doux murmure... »

C'est bien là cette âme si tendre et si poétique, fidèle interprète de l'immortel poëte de Vaucluse. Déjà nous avions lu la traduction, si belle et si justement applaudie, des œuvres de Pétrarque par M. de Montesquiou, qui seule aurait suffi pour assurer à son auteur une grande réputation littéraire. Pourtant ce mérite, quoique bien grand, était incomplet.

Mais voici les *Chants divers* qui nous apparaissent, et nous apportent, comme l'astre du jour, une complète lumière, dont la traduction de Pétrarque n'avait été que l'aurore. Les *Chants divers* sont une production de l'âme poétique de M. de Montesquiou ; il y a là *inspiration, génie créateur*, ce qui fait réellement le vrai poëte.

Cette Muse nouvelle, que nous nous empressons de saluer avec joie, se distingue par de bien rares qualités, et a droit à un éloge bien plus grand et plus complet que celui que nous avons à peine essayé d'esquisser dans ce bien simple hommage de notre haute estime pour l'auteur. Un glorieux avenir lui est sans doute réservé ; une place lui sera marquée près des deux grands poëtes de notre siècle, de Châteaubriand et de Lamartine.

Après avoir consacré toute l'ardeur et la vaillance de sa jeunesse à servir la patrie, après avoir cueilli sur les champs de bataille les palmes de la victoire à côté du *plus grand capitaine du monde*, l'auteur des *Chants divers* vient couvrir son noble

front d'une couronne nouvelle et non moins glo-
rieuse dans le temple des Muses, non pas de ces
vieilles Muses du paganisme, vains noms d'ab-
surdes allégories, mais des Muses saintes et chré-
tiennes, où l'homme poëte se déifie, en quelque
sorte, et s'immortalise!.... Voilà certes bien de la
gloire, et un genre de gloire qui reste et ne périt
jamais, parce qu'elle a avec elle le *génie* et la *vérité*,
et que les œuvres du génie et de la vérité sont
essentiellement immortelles.

C***